MW00902297

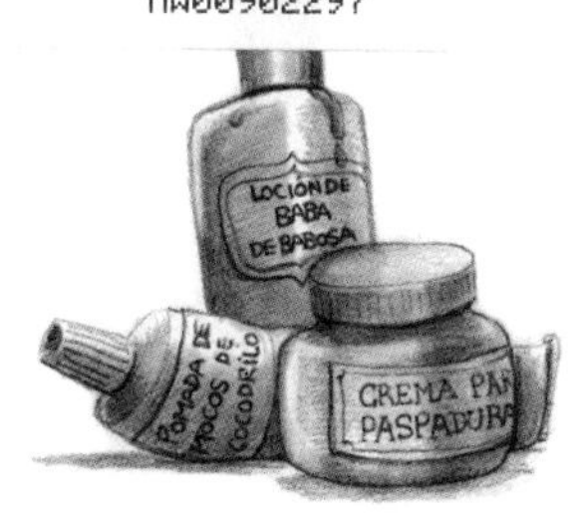
LOCIÓN DE
BABA
DE BABOSA
POMADA DE
MOCOS DE
COCODRILO
CREMA PAR
PASPADURA

MI ABUELO NESS-TOR

2017 by Syncretic Press, LLC – First U.S. edition in Span
Diario de un monstruo / by Valeria Dávila and Mónica L
ISBN: 978-1-946071-13-2
www.syncreticpress.com

Text by Valeria Dávila and Mónica López – Illustrations b
First published in Argentina in 2015 by La Brujita de Pap

Printed in China

VALERIA DÁVILA Y MÓNICA LÓPEZ

DIARIO DE UN MONSTRUO

Ilustraciones: Laura Aguerrebehere

Syncretic Press

LA COSA DEL PANTANO
MONST
ROCK
Foto de mi tío Nessy
IS IT A MONSTER OR A MYTH?
How a legend was born
LOCH NESS MONSTER
Mí ABUELO (AÑO 1906)
Daily Mail
ONSTER OF LOCH NESS
LEGEND BUT A FACT

QUERIDO DIARIO, TE CUENTO
QUE SOY EL MONSTRUO DEL LAGO,
MUY HORRIBLE Y PESTILENTE,
TERRORÍFICO Y MALVADO.

AL VERME, TODOS SE ESPANTAN.
HAY ALARIDOS Y GRITOS.
PERO ESTOY ACOSTUMBRADO:
SOY MONSTRUO DESDE CHIQUITO.

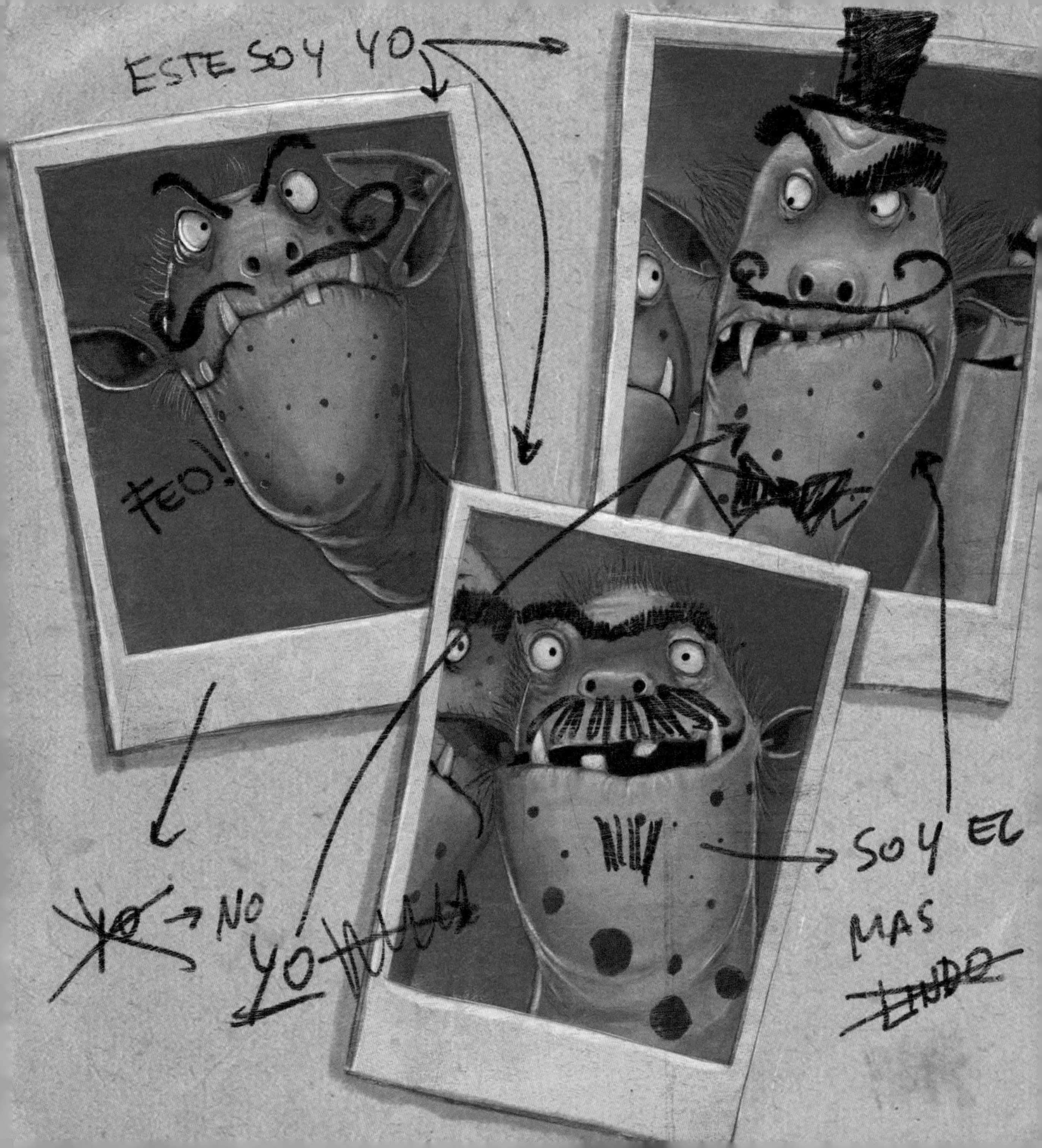
ESTE SOY YO
FEO!
NO
YO
SOY EL
MAS

TENGO TRES CABEZAS GRANDES
Y LAS OREJAS PELUDAS.
ASQUEROSO Y REPUGNANTE.
SOY MONSTRUO. NO CABEN DUDAS.

MUCHAS PATAS RETORCIDAS
Y UNOS ENORMES COLMILLOS.
POR NO CEPILLARME EL PELO,
LO TENGO OPACO Y SIN BRILLO.

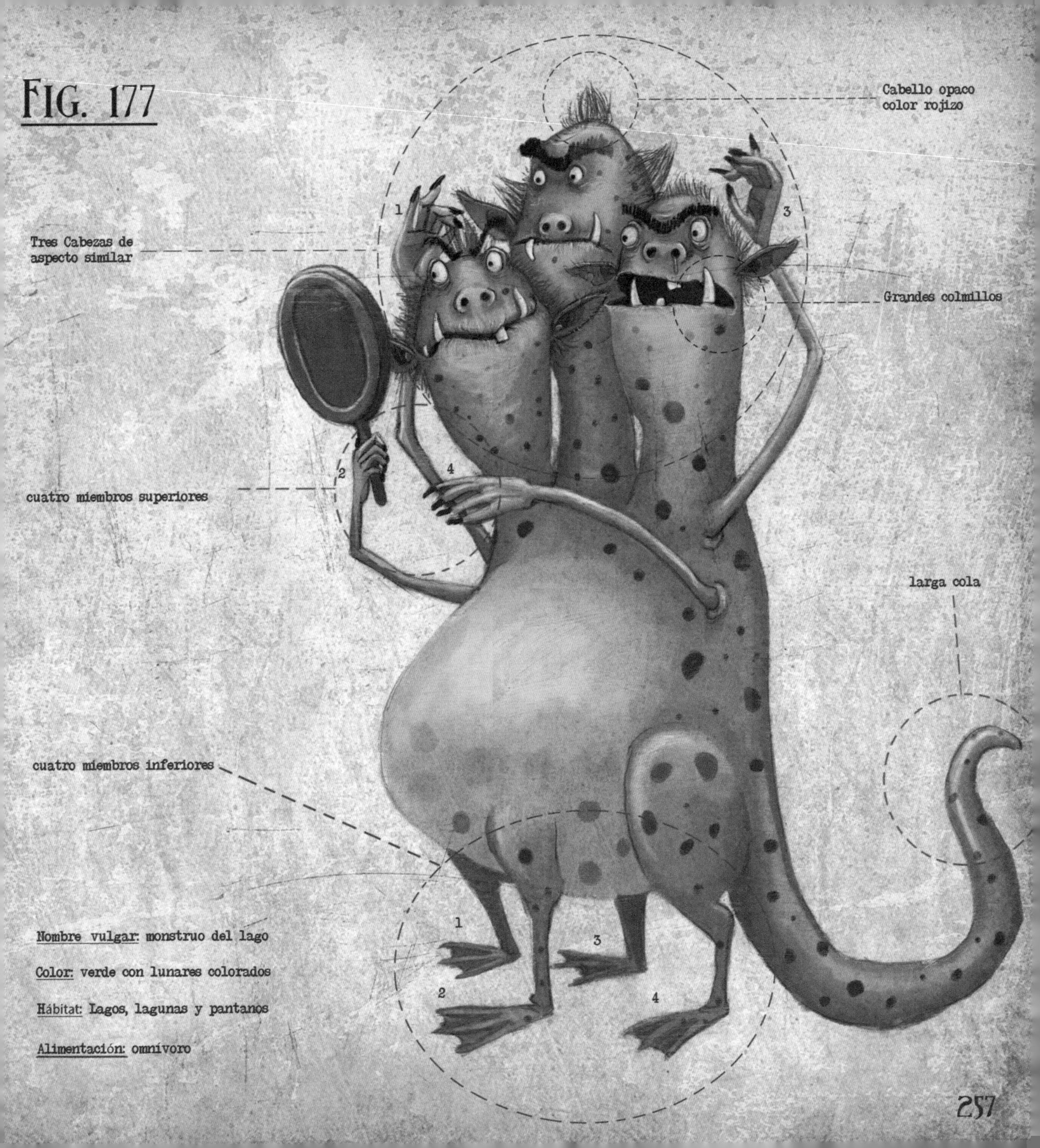
FIG. 177
Cabello opaco
color rojizo
Tres Cabezas de
aspecto similar
Grandes colmillos
1
2
3
4
cuatro miembros superiores
larga cola
cuatro miembros inferiores
1
2
3
4
Nombre vulgar: monstruo del lago
Color: verde con lunares colorados
Hábitat: Lagos, lagunas y pantanos
Alimentación: omnívoro

LOS QUE ME CONOCEN DICEN
QUE EMANO UN OLOR INMUNDO.
¡Y QUE YO SOY EL MONSTRUITO
MÁS ESPANTOSO DEL MUNDO!

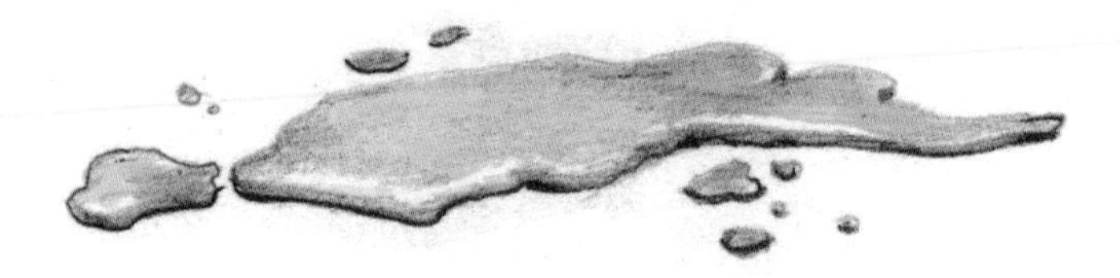

QUERIDO DIARIO, MI ORGULLO
ES SER UN MONSTRUO TAN FEO.
¡Y QUE TODOS AL MIRARME,
SE HAGAN PIPÍ DEL MIEDO!

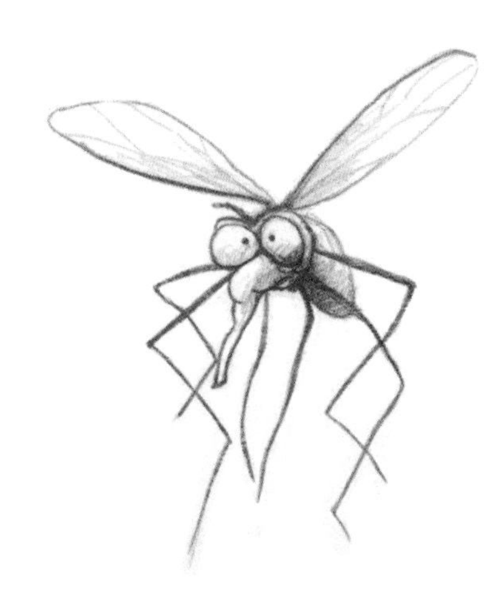

VIVIR EN EL LAGO NEGRO
ES DIVERTIDO Y MUY SANO.
TENGO LA PANZA BIEN LLENA
DE MOSQUITOS Y GUSANOS.

CON CUCARACHAS Y SAPOS,
CON LAUCHAS Y OTRAS CRIATURAS,
HAGO UNAS SOPAS MUY RICAS
QUE SON ESPESAS Y OSCURAS.

SOPAS DE GUSANOS
GUISOS DE CUCARACHAS
RECETAS PARA MONSTRUOS

FJ-A53
CTORI

PUEDO DORMIR CUANTO QUIERO
PORQUE NADIE ME MOLESTA.
EXCEPTO POR LOS TURISTAS
QUE ME INTERRUMPEN LAS SIESTAS.

HAY MONSTRUOS EN LAS CAVERNAS
QUE LUCHAN CON CABALLEROS.
MAS YO PREFIERO MI LAGO.
(NO SOY TAN AVENTURERO).

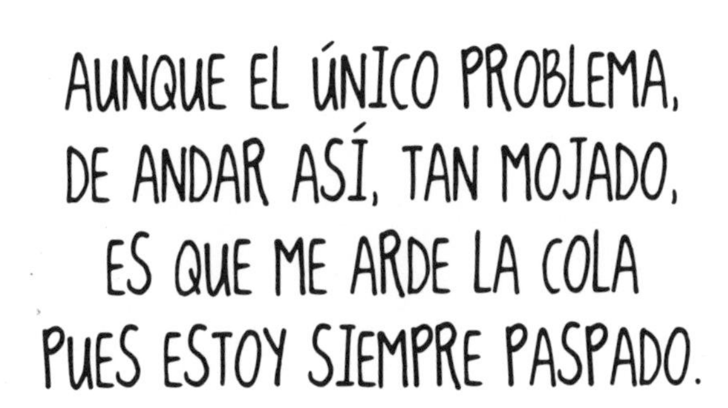

AUNQUE EL ÚNICO PROBLEMA,
DE ANDAR ASÍ, TAN MOJADO,
ES QUE ME ARDE LA COLA
PUES ESTOY SIEMPRE PASPADO.

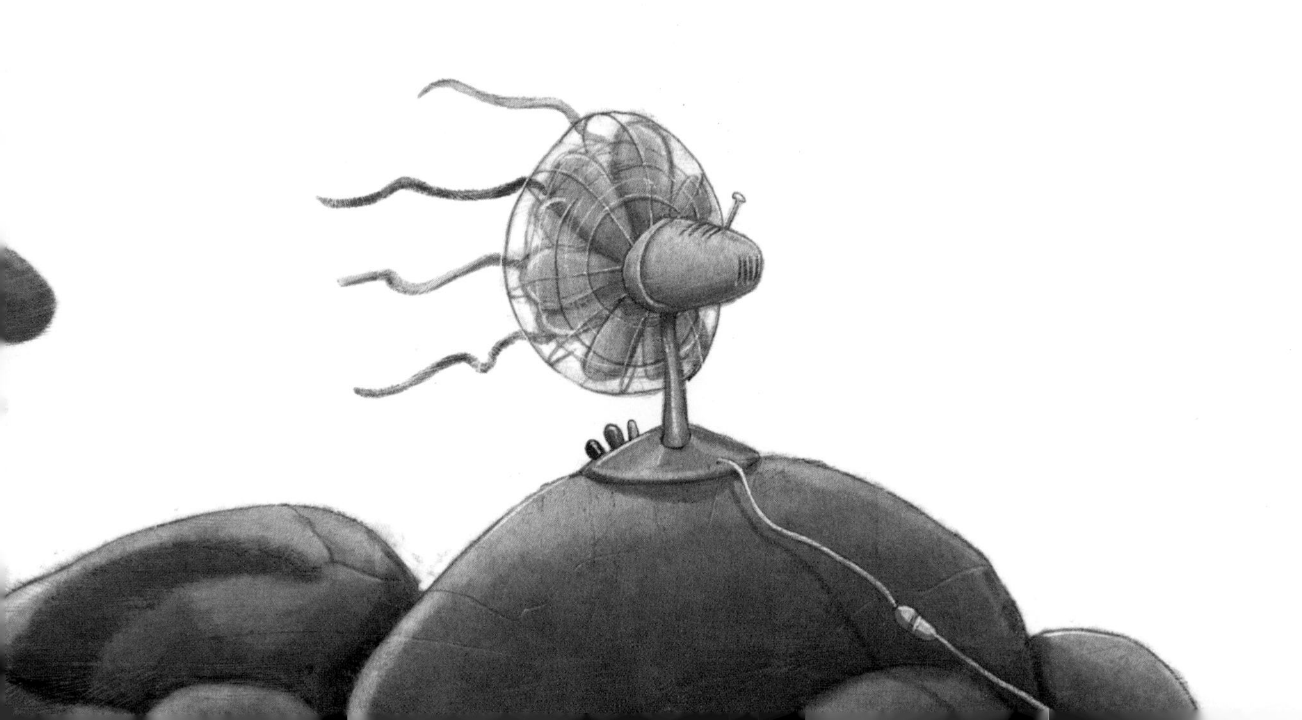

EN EL PANTANO ESCONDIDO
SE SUMERGE MI MAMITA.
¿Y SI LE PIDO QUE VENGA
PARA PONERME CREMITA?

PORQUE LOS MONSTRUOS TAMBIÉN
TENEMOS ALMA DE NIÑOS.
Y YO QUIERO MUCHOS MIMOS
CON PALABRAS DE CARIÑO.

QUE ME CANTEN ARRORRÓS
Y QUE ME LEAN CUENTITOS.
(DE HADAS Y NO DE MONSTRUOS,
PORQUE ME ASUSTO UN POQUITO).

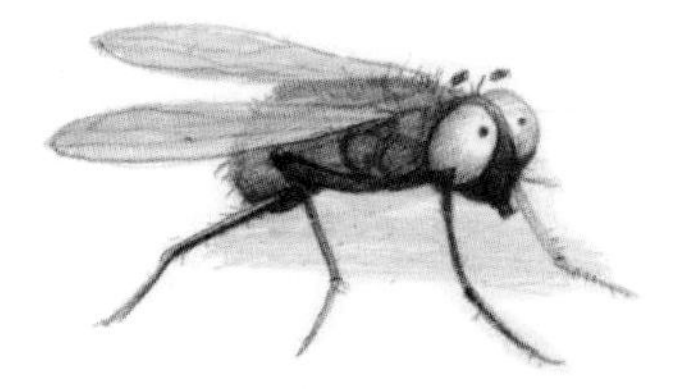

LOCIÓN DE
BABA
DE BABOSA
POMADA DE
MOCOS DE
COCODRILO
CREMA PAR
PASPADURA

MI ABUELO NESS-TOR